Para Jean Read

©1994 by Santillana U.S.A.
Publishing Company Inc.
2105 N.W.86TH Avenue
Miami Fla. 33122

Original Title: Noisy Nora

First published in 1973, by The Dial Press
1981 by Ediciones Altea, Madrid

®1994 by Santillana U.S.A. Publishing Company inc.
2105 N.W. 86TH Avenue
Miami,FL 33122

Printed in the United States

ISBN: 0-88-272-433-9

¡Julieta, estate quieta!

texto e ilustraciones de
Rosemary Wells

traducción de Miguel Azaola

Santillana

Al pequeño Salustiano
le dan de cenar temprano,

Y Papá juega con Flor
porque es la hermana mayor.

Salustiano debe echar
su aire después de cenar,

Y, mientras, ¿qué hace Julieta?
Esperar y estarse quieta...

¡Pues ya no me da la gana!».
y da un golpe en la ventana.

Organiza en un momento
un ataque violento:

Tira los dulces de Flor,
pega un portazo de horror…

Y Papá y Mamá: «Julieta,
por favor, estate quieta...

Y Flor, que ya está furiosa:
«¡Por qué serás tan patosa!».

Salustiano, aunque no quiera,
debe entrar en la bañera.

Flor prepara en la cocina
pasteles con miel y harina.

Papá seca con cuidado
a Salustiano empapado.

Y, mientras, ¿qué hace Julieta?
Esperar y estarse quieta…

«¡Pues ya no me da la gana!».
Y desmadeja la lana.

Y con un solo tirón
caen los muebles en montón,

Y la cometa de Flor

se enreda en el colgador...

Y Mamá y Papá: «Julieta,
por favor, estate quieta...».

Y Flor, que sigue furiosa:
«¡Por qué será tan patosa!».

Salustiano es muy pequeño
y en seguida tiene sueño.

Mientras tanto Flor está
estudiando con Papá.

Salustiano quiere un cuento
para dormirse contento.

Y, mientras, ¿qué hace Julieta?
Esperar y estarse quieta…

Julieta grita: «¡Me voy!
¡Nunca sabréis dónde estoy!».

De pronto no se oye un ruido
porque Julieta se ha ido.

Se alarman Papá y Mamá:
«¡Qué raro! ¿Dónde estará?».

Flor dice arrepentida:
Hay que buscarla en seguida!».

Inquietos y preocupados
la buscan por todos lados.

Registran cada rincón,
de la bodega al buzón...

Mamá está muerta del susto:
«¡Se ha marchado!, ¡qué disgust[o

Papá la sigue buscando:
«Quizá sólo esté jugando…».

¡Qué alegría tan inmensa
cuando se abre la despensa!

«Ya he vuelto», dice Julieta.
¡La familia está completa!

BIOGRAFIA

Rosemary Wells se ha dedicado al dibujo desde temprana edad. A los nueve años su especialidad era la caricatura de personajes políticos. Más tarde se convirtió en una brillante estudiante de Bellas Artes en diversas universidades de los Estados Unidos. Durante estos estudios encontró un camino que ya nunca ha abandonado: los libros para niños. Desde hace diez años cada libro que ella crea recibe numerosos elogios

y premios en los Estados Unidos, lo que le ha dado gran fama en diversos países de Europa, Inglaterra especialmente.

LA POESIA

El libro que acabáis de leer está escrito en verso. Pertenece, por tanto, a un género de expresión que se llama poesía. Diferente a la prosa, la poesía tiene una serie de reglas características que se conocen con el nombre de versificación, es decir, el arte de componer versos siguiendo unas medidas y cadencias que les dan esa musicalidad especial.